今夜酒有几分醉

秦岭 著

北方联合出版传媒(集团)股份有限公司
春风文艺出版社
·沈阳·

图书在版编目（CIP）数据

今夜酒有几分醉/秦岭著．—沈阳：春风文艺出版社，2023.1
ISBN 978-7-5313-6380-4

Ⅰ．①今… Ⅱ．①秦… Ⅲ．①诗集—中国—当代 Ⅳ．①I227

中国版本图书馆CIP数据核字（2022）第256330号

北方联合出版传媒（集团）股份有限公司
春风文艺出版社出版发行
沈阳市和平区十一纬路25号 邮编：110003
沈阳绿洲印刷有限公司印刷

责任编辑：姚宏越	责任校对：张华伟
封面设计：黄　宇	幅面尺寸：145mm × 210mm
字　　数：130千字	印　　张：7
版　　次：2023年1月第1版	印　　次：2023年1月第1次
书　　号：ISBN 978-7-5313-6380-4	
定　　价：50.00元	

版权专有　侵权必究　举报电话：024-23284391
如有质量问题，请拨打电话：024-23284384

造一方幽静之地（代序）

周景雷

在当下媒体正在就某种创作还是不是诗歌进行热烈讨论时，我惊喜地读到了积多年体验和真情释放而形成的这本诗集。这种惊喜表现在两个方面，一是作者秦岭并不以文为业，诗歌创作大概仅是其业余生活中的一部分，也许正是这样一种姿态才使她更从容、更耐心，也使她的体会和表达更真切。二是秦岭有着非常好的文学感觉。这一点在她此前出版的《澳洲留学的那些事儿》中已有所体现，而现在这种文学感觉，尤其是体现在诗歌创作上的那种对意象、情感、节奏的精准把握已经再次证明了这一点。

总体而言，秦岭的诗以女性独有的细腻与温婉，将个人体验揉进了对日常生活的诗性书写，这里不仅有关乎个体经验的耳鬓厮磨，也有天真烂漫的童真情趣，更有对历史、战争、人性的回望与反思。诗歌作为最能表现人类心灵悸动的文学形式之一，在秦岭笔下宛如一幅清雅恬淡的水墨画，既有大气磅礴的情感抒发，酣畅淋漓地表达自我的精神世界，又有精巧微致的巧思，别样生动地使视觉观感获得知觉化的体验。轻灵幽逸构成秦岭对现代繁复世界的个人化处理的重要方法，诗歌所流露出的整体的情绪感和生命感都衬托出诗人对女性经验的独特把握和营造。在诗歌的审美尺度上，秦岭始终保持着一种有节制的情感外现和一种恰如其分的精神隐秘性，这就无意地营造出诗歌意境上的空灵感。从恬静的文笔到寂静的灵魂，她完全使自己跳脱出日常世俗的嘈杂与琐碎，更倾向于在独白式的自我诘问中实现对人性柔软与生命韧度的抵达，在不断深化自我主体意识的同时完成对自我灵魂的救赎与慰藉。

爱情诗构成理解秦岭诗情的一个重要部分，语言的真切婉转使诗歌整体氤氲着旖旎柔和的女性之美，诗中的"我"一以贯之地追逐着纯粹的爱情，即使"最痛的距离"是"天使与魔鬼"的结局，也要燃尽泪花，"耗尽柔情"，期待"低落的灵魂从地平线升起/染成了天边的/美丽"。诗人对爱情的态度执拗又赤诚，飒爽又柔软，她在诗歌建构的爱情"童话"中始终袒露着对爱情的纯粹向往，在《完美》中，"我"本知"完美"的爱情总归于"想象"，但理性的理智与感性的放恣终要分出个胜负。正如《爱如命里》直言"所以哪怕会落空也愿意相依/哪怕粉身也愿意相聚"，生命之花也要开在爱情的绚烂里，写在诗经的阵阵冬雷中，踏着月光篆在漫漫长夜的黑暗里。"夜"是秦岭情有独钟的一个诗歌意象，她总是以各种不同情愫表达对"夜"的偏爱。"夜"吞噬了黑暗的孤独，也淡化了所有的伤悲，"我"

一次次在"夜"的怀抱里感受着生命的热度，这里可以放纵欲望，也可以放纵幸福，所有的一切在"夜"色里获得了恣肆的可能，也在"夜"色里得到了宽容的谅解。所以"今夜，我不关心人类，我只想你"可以那么真切悦耳又动人心魄。

在秦岭众多的诗歌中，以童年为题材的诗歌可谓凤毛麟角，因而显得别致而令人瞩目。《童年》以孩童独有的感官视角，使目之所及的村庄景象都活了起来。从"塑料凉鞋""地垄里深浅的脚印""张望的螳螂""爆米花"到"勾着小鱼跳"的"大米饭粒"、"棉花糖"似的"白云"与"蓝天""画板"，童趣的天真烂漫与生动活泼为诗歌赋予了灵动的生命力，使诗歌洋溢着生活的芬芳与稚嫩的味道。可以说，在秦岭的诗歌中不乏现代工业文明的意象，但很难能够嗅出现代文明的气味，她的诗歌更多是对事物的情感内化的表达。即使在霓虹似火的夜晚，秦岭所塑造的也是对夜晚星空的偏爱，因为那里有牛郎织女的思念。此外，秦岭的诗歌中有着大量的比兴手法，她擅长在对自然事物的咏叹中指向对人类情感的表达，"红酒"与"酒杯"、"飞鸟"与"海洋"、"绿叶"与"红花"、"飞蛾"与"火"、"玫瑰"与"刺"等，这样的意象在诗歌中比比皆是，作者很巧妙地将个人的独特性工作、生活经验与文学意象的共识性经验打通，既在历史文脉的流传中看到了人类共有的情感悸动，也为这样的情感经验赋予了新的现实意义。同时，作者善于在古典雅致的情愫里展开对现代生活经验的细微体察，这样就使诗歌不论在审美蕴藉上还是情感经验的刻画上都具有历史性的诗性赓续与继承。

  一名职场女性，能够抵住世俗缠绕而不被淹没，为自己的精神世界辟一幽静之地，在这幽静之地投入自己深刻的思考，这是秦岭诗歌创作中的最好的背景。这种背景是我们现在所缺乏的。当下，喧闹的世界对人的裹挟有时太过迅速，而对这种喧闹的抵抗有时也太过消极。如何寻找一种恰切的方式来应对碎片性、直接性和浅表性，确实都是我们要思考的问题。对秦岭这一代人而言，选择诗歌创作也许不是最好的方式，但一定是一种有难度的方式。由于秦岭本身并不是文学中人，这就使这种选择更具有了象征意义。

  我期待着秦岭还会有更多更好的创作。

2022年9月4日

目　录

午夜星空下，滴水的屋檐

003	诗　经　里
005	我爱上（一）
007	天使与魔鬼
009	故　事　里
011	三叶心愿
013	完　　美
015	无　果　花
017	爱如命里
019	玫瑰百合
021	那　一　夜
023	你回来的路上
025	然　　后
027	闭上眼睛或者选择闭上心

028	童年的海洋
029	我　想
030	一加一等于几
032	海市蜃楼
034	我与你若无意
035	夜　无　眠
036	月下夜来香
038	我爱上（二）
040	世上只有一个月亮

遇见你的那杯酒

043	苟　且
045	阿玛罗尼（一）
047	阿玛罗尼（二）
049	香　槟
051	心　洞
053	倾　听
055	深院未醒（一）
057	葡萄醉了
059	我是你手中的一杯酒
061	今夜酒有几分醉

| 063 | 月光杯　把酒醉 |
| 065 | 遇见你的那杯酒 |

再见我的海洋

069	我的灵魂是海洋
070	美人归家
072	那　一　天
074	流的血　都一样
076	明天怎样
078	莫塞尔之恋（一）
081	莫塞尔之恋（二）
083	再见，我的海洋
085	心　说
088	留一片阳光给自己
090	柠檬遇吉他
093	流　转
095	深院未醒（二）
097	梦　语
103	虫　二
105	战争启示录
107	重　生

109	危险游戏
111	临江仙
112	秘　密
114	佛朗明哥的告别
116	花谢的季节
118	聚　散
119	孤　独
120	你的微笑
121	前世今生
122	跟着风流浪
124	情　毒
125	蓝白色的光
127	火夜天国
129	悼念刘老师（一）
130	悼念刘老师（二）
131	一　生

他们的故事，他们的歌

135	一诺来生
137	我变了，我没变
139	掬水，月在手

141	姚姚无期
143	红叶小姐
145	信　徒
147	光　影
149	低　回
151	我　愿　意
153	乐　天
155	夜　路
158	花落庭外
160	因为我，不再爱你
163	月下荷塘
165	远行的士兵
169	边走边爱
171	星星睡了
173	爱情任务
180	假如爱有天意
182	友情卡片

龙章凤姿，俊逸无涛

187	初　见
188	你在哪里

189	喜欢的后面
190	思　念
191	七　夕
192	童　话
193	苦咖啡
194	落　空
195	你的声音，我的名字
196	这　晚
197	志　微
199	月夜一梦
200	大　概
201	雪　山
202	错　过
203	爱　你
204	夏日江南
205	郝小强
207	风起西州
208	最遥远的距离
209	城市的边缘
210	不　见
212	繁　花

午夜星空下，
滴水的屋檐

诗 经 里

是不是只有,春天来了,
花才会含苞待放,
是不是只有,等秋水静了,
落叶才会安然归乡。

夜深了。月亮这一次,
不再闪光,
如果只有,阴暗的一面,
爱会不会如约绽放。

有一天,你说,谢谢
一池春水的景象,
你可知否,乘载的这颗心
要颤抖到天亮。

不需要,真的不需要,
你还在乎,地老天荒,
我爱你,更不需要

签约在纸上。

谁让山无棱，月色只留下一片荒凉，
无奈江水为竭，
一切不再是，旧时模样。

谁让天地合，黑暗中只能依赖月光，
就让冬雷阵阵，
告诉我有一个故乡，叫远方……

我爱上（一）

我爱上午夜星光下滴水的屋檐
默默计数它滑落的时间
一滴滴，一点点
像落泪时那未实现的心愿

我爱上雨后太阳下那道抛物线
静静等待它的颜色慢慢变浅
一丝丝，一寸寸
像是曾从你手边滑过的那份缘

我爱上烛火熄灭时那最后一缕烟
轻轻吹动看着它在空中分散
一团团，一片片
像凝固在我脑海里那不变的誓言

是我选择的越走越远
沿途的风景
安排与孤单同时间上演

放低的心愿
已把往事搁浅
迷路的誓言在途中失散

所以我爱上午夜星光下滴水的屋檐
不需要人陪伴的快乐可以很简单
如果错过了雨后太阳下那道抛物线
至少还有机会轻轻吹散烛火熄灭后的
那最后一缕烟

就这样分分秒秒拖延
偷走了最后的留恋
是那夜我离开时你沉默的侧脸
找不到告别的语言
就将一滴泪的温度留在你指尖
转身要赶在黎明破晓前
逃离你的视线

因为我已经爱上了，那午夜星光下滴水的屋檐

再坚强的心还能碎多少年
再轻盈的泪还能流几次人间

天使与魔鬼

爱上了一种结局,
是阳光背后的斜影,
拉近了到地狱的距离,
还以为是魔鬼引你入戏,
一路掉落的花瓣,
覆盖踏过的脚印,
这芬芳是何等熟悉,
而天使在心底,
所以你可以,如魔鬼般美丽……

最后一杯酒,敬知音,
然后,
转身就相忘于风雨。
最后一次靠近,
用面纱摩平刺青,
直到月圆的鬼意,
耗尽柔情,
才发现一口饮尽的味道中,

多了一点血腥，
天使的爱情，就是
将魔鬼隐藏于心……

你折断玫瑰后刺伤了自己，
你摘下一颗星去冰冷手心，
你欣赏涌向冰山时激起的浪花，
却将它融化……

最后的结局，是，
自己离开了自己，
一个是天使，一个是魔鬼，
一个说着爱你，一个在涅槃中服刑。

最后的心愿，是，
爱与伤都刻骨铭心
宁愿被痛恨在记忆里，
别再相遇……

天使说：我只是善意和真情。
魔鬼说：因为我在你的心里。

故 事 里

太多的没有你的故事里，
烟雨飘过，泪燃烧。
指望一阵心跳被你听到，
一抹唇印留眼角，
夜里风声吹开了衣角，
吹息烛泪，烟花笑笑……

若有天真的长发及腰，
发丝掠过你指尖可好，
历经各样美丽，
只为换一次拥抱，
酒已在杯中，等你逍遥……

相守，是肩与脸颊的相靠，
睫毛就在你嘴角，
珠碎满空，市井已寂寥，
只待木窗摇，
一夜刻骨缠绕……

在这个虚幻的故事里，
花落满庭，雨拨弦音，
夕阳斜照，身影向后逃，
越是海市蜃楼，
偏越多人停靠……

你，卸下了骄傲，
低头为心愿祷告，
原来不在掌心的，
已在繁华中抛锚。
我，赤裸了渴望，
今生爱我好不好，
就像时钟，被拨回到，上一秒……

在我伪造的这个故事里，
只是清醒对醉的需要，
这夜，酒杯清了又满，
这夜，痛过了，就睡着……

三叶心愿

一叶,是飞蛾愿意扑火,
两叶,是蝴蝶展翅蜕变,
三叶,是一个心愿待诉说……

所以,不怕阳光照射,
那么美丽,
无须闪躲,
瑕疵也只是点点红色,
你不喜欢就做个过客,
无谓等花开,
等花落,
这个冬季,不会结果……

所以,在天黑时拥紧双臂,
冷暗的角落,
脆弱更怕被人抚摸,
偷偷掉落的花朵,
卸下惹人的粉色,

天明谁还曾记得,
几时爱过,
几时在意。

又在几时,没有了自我……

离开了天堂的入口,
错降在人间的那种,执着,
谁把你捧在手心,
谁摘走了你的快乐,
谁最后与你拥吻,
之后,擦肩而过。

一叶,是爱你的心愿,
两叶,是相濡以沫到永远,
三叶,是偶尔的恍惚,
躲藏在,你的臂弯。

不怕阴天,
一点点阳光,
就可以摆脱黑暗,
就可以继续,
花枝招展!

完　美

想说的话太完美，
像没有飘着落叶的河水，
看得见沉鱼的妩媚，
穿梭过倒映的云朵，
和你在岸边，滴下的泪……

想给的追求太完美，
像还未沉过午夜的微醉，
欣赏映在美酒中，
藏在眼底的忧伤，
和流过嘴边大地的滋味。

想拥有的太完美，
像瑞雪无法覆盖的冬梅，
纯白回忆中那一点痛的印记
盛开在你无处躲藏的脑海，
暗香悠来……

想走进你的心里；想听雨声
落在手心；想有只
永不断线的风筝；想在魔镜中
找到另一个自己；想软弱
也不会被遗弃；想说出秘密
会有人在意；想找到一些因为，
为了已知的所以；想上演的戏
不需要悲情面具；想在一条错的路上，
或许能幸运地走到底……

是自己想象得太完美，
其实雨滴，总归入土为泥，
看风和雨，纠缠着前行，
究竟是谁改变了谁的途径。

是自己梦得太完美，
其实夕阳，总要与黑夜交替
想属于，却属于了分离，
只为了去完美了自己，
再重新与你相遇……

无 果 花

花会盛开，无果也凋零，
花会芬芳，不靠近也弥漫，
花是这样，依恋绿叶的陪伴，
花又这样，依赖大地的滋养。

花会流泪，趁泪眼去相望，
花会沉醉，醉看人间痴狂，
花会期待，期待下一片云海，
花会心死，入土化为尘埃。

花也不明白，蝴蝶为何飞得起来，
花也无私爱，甜蜜都供蜂采摘，
花也会孤单，风雨来了独自摇摆，
花最后的独白，再短暂的美丽也要努力去盛开……

你就当花会一世绽放又怎样，
不过就是别让冬季太过凄凉，
若你也有疑惑，故意在闪躲，

让我如何解读你的花落。

你就当生命如花期一样短暂又怎样,
不过就是用自己的美丽换别人的欣赏,
心痛还是快乐,安逸或是慌张,
不相信你看我的眼神与别人一样……

花在花海中被淹没,
人在人群中寂寞,
花从来不曾懂得人的喜怒哀乐,
人却编造着花语去诉说。

我从来都不是,
你可以的选择,
所以,你沉默……
你从来都不是,
为我盛开的花朵,
可是,我执着……

爱如命里

像风中的泪，有雨滴，
波动在下午的，琴弦里，
你听得见的声音，
你看得见的美丽。

像飘舞的雪，有柳絮，
沾附在打湿的，发丝里，
不会到来的未来，
不曾拥有的过去。

雨和泪的故事里，
你分不清，为谁痴迷，
你执着的道路里，
是否荆棘，都化作动力，
你愿意去拥抱坎坷，
因为埋伏了多少秘密。

哭与笑的纠缠里，

像荷花出自淤泥,
最靠近岸边的美丽,
像梦在最美时,
时间却已走进阳光里。

你穿过谎言去相信,
可以坦然面对分离,
可以转身后忘记……

翻不过的红墙内外,
望不穿的山河故里,
用粉妆去堆砌岁月掠过的痕迹,
所以哪怕会落空也愿意相依,
哪怕粉身也愿意相聚。

逃不过的命中注定,
跳不出的指环游戏,
最终还是谁的花瓣,
落在谁的双眸里……

最终还是你的臂弯,
没有那么拥挤……

玫瑰百合
——记潘先生第一次送花

铜镜磨在冰凉的指尖，
镜中湖水泛起忐忑的依恋，
指一圈，人一年，
涂鸦在沉静的夜晚，
画不出，我们未来那一段……

月亮总是缺了又圆，
西湖传说总响在耳边，
独上高楼只为那份寒，
人憔只为衣翩翩……

落地的百合，
余香还飘在唇前，
月下的湖水，拍打着花瓣，
你并不孤单，
玫瑰开遍情人的心海，
刺痛孤单的灵魂

只为那一朵,
流淌的缘……

烟花纷飞,
只闻它一声笑,
滴水屋檐,
只见泪飘摇,
夜无眠,
睡去的只是那双痴痴的望眼,
花无伤,
怨的只有不相守的思念。

香炉燃尽,菩提在心,
粉妆玉砌的江山,
柳暗花明的彼岸,
走过了沧海桑田,
我们终于,
在玫瑰百合中,
拥抱了永远……

那 一 夜

我，踮着脚，
够不到露出墙角的花瓣，
就捏下了一股芬芳，
花香沾满全身，
天空眨了眨眼睛，
云朵也盛开了。

赤着脚奔跑，
带着风中花开的味道，
闭上眼，
不去寻找方向，
沾着钻出土地的清香，
是我想带走的，
那一点点，余味。

玫瑰美的，不是红色，
是茎叶那不规则的曲折，
让人心动。

夜色美的，不是月光，
是那黑暗偷偷包容的伤，
让人心痛。

疲惫的脚步，
用双手继续支撑这片空旷，
倾心地听，
难得，
夜色比自己更安静，
悠然地看，
难得，
月光比内心更洒碎，
漠然，
触摸破晓前的露水，
等待黎明的雨天。

睡了，
在最贴近自然的地方，
枕着泥土，
盖着花香，
都别再叫醒我，
我，不爱雨天。

你回来的路上

走了多久的路，
才发现走的不是自己的路，
飞了多高的心愿，
总可以随时回线，
我把世界想得太大了之后，
我依然只属于，
只属于命途安排的角落，
旋转不掉的枷锁，
我也曾尝试着去挣脱。

你回来的路上，
花谢月落，
冷风中的温暖，
只是一瓣红色，
曾铿锵的音调，
变哽咽的终止符号，
断的弦，残的键，手指茧，红了眼……
所有残忍不需要预告，

我不是断线的风筝能陪着你自由飞翔,
我的宿命只在那线或收或放。

所有张狂的诱惑,
只能在黑夜中伸缩,
抵不过清晨一丝叹气,
想腐烂的,
被空气隔绝了被要求还是闪光的,
想躲藏的,
被阴霾抛弃了被要求还是鲜艳的,
想自由的,
被要求还是被要求的,
假设眼泪是因为快乐的,
假设善良是属于本性的,
假设自己清醒了……

然 后

深山,
什么样的绿色都有,深渊
什么样的绝望都有,布满
悬崖处诱惑人坠落的,
鲜艳。

把爱你的心丢下去,
然后,
被谁拾起,
把有你的回忆丢下去,
然后,
被谁读取。

我倚靠青石,
雕刻着,
爱曾到此一游,
然后,
听古老的传说,

说爱的童话，
王子公主总有幸福结局，
然后，
看枯竭的藤枝编写，
写爱是个童话，
是童话后边加一个问号。

我想说的，是沉默，
是无风时山野间的安静，
是雕刻时掉落的粉末，
是一遍一遍擦拭后，
那消散的尘埃。

我深呼吸，
吸进了的空气绕一圈便成泪，
是呼气，还是
叹息加快了频率，分不清
是空气有了浮力，还是
我已经空荡到，飞得起
然后，
俯视山谷，
那风景若油画般，旖旎。

闭上眼睛或者选择闭上心

闭上眼睛或者选择闭上心，
谁都无法抗拒暧昧的表情，
越挣扎越挥不散这烟火无形，
越逃避越冲不出这斑驳树影。

我将最后一个吻，印在你的双唇，
心接收到你指尖传递的感应，
转身不是故意回避你渴望的眼神，
只是我们都找不到继续缠绵的原因。

童年的海洋

我一直,都在流浪
寻找,童年的那片海洋
我以为,你也不曾遗忘
直到我的夜晚,只剩一片月光

我努力,微笑,坚强
假装不爱不恨,不会受伤
用忙碌,占据对往事的思量
直到这一刻,泪两行

我忘了,岁月一直流淌
或许那片海洋,已非旧时模样
只是我的心,还恋着你目光
直到习惯了,轻看人间风浪

我　想

我想我的夜空，
多了一道泪痕，
是多余的流星离去。

我想我的雪天，
多了一盏红唇，
是吻遍所有的冰冷。

我想我的世界，
多了一枕睡梦，
是无数次与你重逢……

我想我的足迹，
多了一段河堤，
是有你的，最美的，
最后的，一页回忆……

一加一等于几

望着窗外的风雨，
和那飘在朦胧中却清晰的风景，
朦胧的让我如此心虚，
而清晰的，
像知道了一加一等于几。

感受爱情的风雨，
和那飘在虚假中却真实的思绪，
虚假的让我不舍得放弃，
而清晰的，
像知道了一加一等于几。

从头再看这道数学题，
我安静地听着你，
分析着一加一。
为何可以等于我和你，
是属于童话般的美丽，
和我在看到梦想的惊喜，

我确定我可以，
闭上眼不再去想这道数学题，
当我已经知道了，
一加一到底等于几。

停在了你身边的风雨，
接受那飘在风雨中怀疑却坚信地在一起，
怀疑的让我选择闭上了心，
而坚信的，
像知道了一加一等于几……

海市蜃楼

是谁的一字一句就像是藏在玩笑之间的承诺,
是谁在跨过世界最高峰的那侧低语念着我,
爱如排山倒海侵袭过后只是虚构,
我看不见爱的痕迹,只看见海市蜃楼……

勇猛的战士退却后只剩下我,
自己为自己擦好伤口,再继续为自己战斗,
大漠黄沙湮没的最后一滴雨露,
我在寻找,却只找到海市蜃楼……

第一次我擦亮了空气,看到眼前的荒芜,
第一次我袒露受伤的心,感受风沙擦过的痛,
丢弃所有我曾经拥有过的华丽礼服,都是无色,
放下所有你曾经给过的感动,都是虚无,
我寻不到出路,只能看着海市蜃楼……

孤单的沉默后是那么容易,擦枪走火,
谁在逃离谁设下的,冷漠旋涡,

那虚幻的海市蜃楼,有,我与你相拥,
相恋,比永久更永久的,永久……

海市蜃楼,哪里有出口, 出口是伤心人的泪流,
海市蜃楼,哪里有出口,出口是谁人,在泪流……

是谁呼唤我,遥远的错,
是谁呼唤我,海市蜃楼……

我与你若无意

我与你若无意
何以霜落玫瑰，花红满地
伤无心，泪无语
枝有刺，刺，刺的苦更清晰
清晰了昧迹

我与你若无意
何以冰碎绿叶，青泪欲滴
话一半，无结局
像夏雨，雨，雨洗净的空气
多了缘遇的气息

我与你若无意
何以封存过去，守成秘密
火燃纸，尽回忆
目视错，错，错成这份美丽
美到天地不怜惜

夜 无 眠

夜冷风啸,
灯台烛光摇,
摇,
泪烛难过今宵。

寒心寻暖,
旧梦天涯远,
远,
浸出真心谁还。

长夜无眠,
如,泪已断,梦已残,
无奈,
太多不可追挽,
岁月如风,空留满眼泪,
看泪眼……

月下夜来香

洒满室内的月光，
与黑夜交错的荒凉，
映着斑驳树影的窗，
编织着摇晃思念的网。

屋檐下的夜来香，
在寒夜中拒绝开放，
冷风已吹得心凉，
还企图风干晶莹的泪光，

孤单的双人床，
留下我天真的梦想，
枕边的日记已泛黄，
摊开是过去的嚣张。

云流去，
月迷茫，
思念明显到无处躲藏，

忍着点点滴滴擦过的伤，
如冷风吹过的痛，
无法抵挡。

你遗忘了年少轻狂的谎，
也从不乞求谁去原谅，
我们走过的足迹，
带着幼稚与荒唐，
已被遗失在什么地方。

终于颤抖开放的夜来香，
风干了泪眼陪在我身旁，
依偎在黎明前冰冷的墙，
在绝望的月光下等待天亮。

我爱上（二）

我爱上初春新柳那翠绿的浅，
在晨雾后眼前的一味新鲜，
随着风轻柔地摇摆，
像你牵起我手时那一丝微笑。

我爱上炎夏浪花掠过脚背的那一股凉，
在闷热空气中对清爽的渴望，
随着透明的诱惑心动，
像你拥我在你怀里时那一丝爱恋。

我爱上深秋枫叶那一片红艳，
在孤单旅途中感染的温暖，
随着飘零的季节毅然，
像你决定的那一瞬间坚强的心愿。

我爱上晚冬寒梅那一枝伸展，
在夜幕冷色中依旧的笑脸，
随着落在花瓣上的晶莹更纯净，

像你走进我生命时这简单的缘。

是需要勇气继续向前,
用彼此的爱伴随着走过四季,
走向永远,
永远记得我们相遇的那一天,
有感动就可以永恒不变,
不变今日我们的诺言。

当我爱上了,
有你的温柔陪伴在身边。

世上只有一个月亮

世界上只有一个月亮
伤心的人都在抢
谁离它最近
它就陪在谁的身旁
谁离它最远
它却陪谁的时间最长

天空中只有一个月亮
孤单的人都在仰望
深夜都不愿关上窗
透着月光
把往事思量
岁月还那么漫长
泪
滴落在红色酒杯上

遇见你的那杯酒

苟　且

想找到一首歌，
每一句歌词都有关你我，
一个一个音符学着弹唱，
好像如此，记忆就不会被人遗忘。

想找到一首诗，
一字一句写到动人心魄，
是沧海难为水的忧伤，
是岁月中那些念念不忘。

想找到一杯酒，
和你一起欣赏，
孤单的冷，化成的淡淡白花香，
试着感受其中的故事，
很长，很长……

想找到一段河岸，
像上一次我们牵手的地方，

聊着昨天、今天和梦想，
倾心弥补那些错过的时光。

想找到那颗童真的心，
像是从来都不曾成长，
可不可以只爱眼前的苟且，
而暂时不去想，诗和远方……

阿玛罗尼（一）

雪白的天地，
漂染了整个灰色冬季，
清洗凡尘
但愿心灵与视线一样纯净。

雪白的脚印，
留在这午后的河堤，
最终要融化在春天里，
不留一丝痕迹。

哪里是目的地，
终点是否有杯阿玛罗尼（Amarone），
是我只能前去的，
未知的将来与命运，
可惜，那里，没有你……

雪白的记忆，
但愿化作你生命中的世外桃源，

有欢笑，有风景旖旎，
暂避命途中的狂风暴雨，
有诗情，有画意，
有知心的人，共饮阿玛罗尼……

阿玛罗尼（二）

好像是昨天，也好像很遥远，
好像是苦涩，也好像很甘甜，
好像我们相爱过，你指尖曾在我发线，
好像天又下雪了，葡萄就快风干。

风缱绻，云舒卷，叶落满园，
听说这里也发生过，相恋却别离的遗憾，
在莎士比亚的故事里，
有没有写过，Corvina 的容颜，
在我们的故事里，留下一杯供品鉴。

白雪已飘满山，直到一阵果香弥漫，
包裹的巧克力，等待被放入唇齿间
斗转星空留恋，直到昙花一次璀璨，
长桥一段光年，河岸一段花火，一段云烟。

时光不会因为怀念，而变得柔软，
被冬天的风，带走了泪水，

只剩下更浓郁的苦涩酸甜，
这味道不会太绚烂，也不会很短暂，
这味道不会太轻薄，也不会太勇敢，
这味道诉说着一段故事，是让你品出，
当再一次面对面，
我心里的语言……

香 槟

不想被侵占的名字,
守护属于自己的故事,
两个人的一生,
一颗完美钻石,
说不到永恒,就到死为止……

一个被气泡俘虏的战士,
穿过百年硝烟的坚持,
倒在杯中泛起的白色,
品尝满天星空的样子。

美丽不介意姗姗来迟……
否则拿什么祭奠相思……

被误解的历史,
在气泡中消失,
只剩浪漫两个字,
已让人泪流不止……

喝来，其实，讽刺……

拖着白纱走过海浪，
夕阳中，尝试不同开启的方式，
带上镶嵌的华贵气质，
你不懂我，就破碎在，
首航的船只……

心　洞

最后一秒，忘记了抓牢，
看着焰火在燃烧，
是黑夜，给我的怀抱，
想起冷了加件衣服就好，
话不多，也不会太少，
沉默都算是一颗解药，
谁曾承诺誓言不会变老，
却会慢慢死掉……

只为了忘记一杯酒前的烦恼，
红唇又温暖杯壁，与酒精胡闹，
可是爱过的人，留下遗忘的信号，
想靠近，无论多痛都好，
只为了忘记最初的执着，背对背微笑，
宁愿能放声地咆哮，只要泪别掉，
可放弃的人，熄灭了火苗，
连梦都习惯了醉的味道，
再一杯就好……

没什么比得过心跳，
是你或是谁的，不重要，
只要靠近的耳朵，听得到，
谁在乎，落入双眸的警告，
都别来打扰，
可以哭，却选择笑，
卑微的情绪不需要谁知道，
拆散一个故事，换一个主角，
或许明晚又是另一个依靠。

原来眼泪都是对欲望的乞讨，
原来放纵都是对幸福的祷告……

"原来想要快乐，就必须懂得，
悲伤的技巧。"

倾　听

合十双手,
看着时光穿越指缝,
故事,
雕刻在岁月里,酝酿、发酵,
再被后人提起,
向愿倾听的人诉说……

闭上双眼,
就看不见经筒在轮转,
停不下坠落,
就停下追随破碎的目光,
静静倾听,
消失的声音……

见不见,不见,
见在心里的面,
像纸笔,尽由自己涂鸦,
远不远,不远,

远在梦里的容颜,
只是听说,
梦实现过,梦也醒过……

花下总有酒的故事,
酒中总有花的芬芳,
没有心的花瓣,
只能随风而去,
花下总有爱情在绽放,
爱中总有花的陪伴,
卸去了艳丽的花瓣,
只能入土为泥……

多少梦中花落的故事,
醉后又被人拾起……
还给光阴,
片片美丽,
只当作段段插曲……

倾听,
因为,想沉默,
因为,想闭上眼睛……

深院未醒（一）

褪去长裙，相约在未醒的深院，
花开一季，酒香两人唇齿之间，
用什么交换，不愿平淡，不愿危险，
几番枯树下的等待，
泪在月光下的深院徘徊……

木窗微开，好像等的人还会来，
双眸落在前世的烛光，
照出你的身影，在一汪池水旁。

有旋律，歌词只是无言的哼唱，
有思念，爱的人只是幻想，
后来美丽的城堡，
只是未醒的深院，
有血在流淌，只是看不见哪里受了伤。

有回忆，篇幅只是省略的字句，
有眼泪，伤悲只是酒醉化成的水，

后来醉美的相遇，
只在未醒的深院，
有梦在上场，只是从未曾天光。

百年瓶封，
也终将等到开启它的醇香，
冰冷世纪，
也得以在水晶的怀抱下释放，
淡去了花香，枕在七尺的木床，
风擦干了烛泪，星光清晰了模样，
用一世温情，去融化未醒的深院，
听竹音诉说流年，看香火成云烟，
是许下了，来世与你相遇的
心愿。

葡萄醉了

酒精的暖过度着寒夜的冷，
沉睡的夜压制了迷醉的狂。

曾几何时，
我开始沉浸在对你的思念里，
在有酒的夜，
品尝夜的酒……

一　赤霞珠的苦涩

要陈酿多久才体会到它的醇香，
几般回味后才感受到它的甘美，
爱若赤霞珠的苦涩，
封存在记忆中等待岁月的雕琢。

二　设拉子的辛辣

也许年轻是我更丰厚的资本，
紫红诱惑蔓延至蠢蠢欲动的水色边缘，
入口便极力地捕捉，
直到每一粒味蕾都被我俘获。

三　长相思的清幽

清，来自世界最遥远的角落，
却不染风尘的透彻，
幽，闲庭间春风吹绿的青草，
唤醒了大地的沉默。

四　维欧尼的浓郁

开启，辨别我独特的香水，
是只为你而展现的高贵，
情浓似丰郁的维欧尼，
品尝，饱满而醇厚的沉醉。

我是你手中的一杯酒

我
是你手中的一杯酒，
有紫红色般的渴望，
有稻黄色般的自然。

我
就像你手中的一杯酒，
给你高山流水般的情缘，
留下一股余香，
请闭上双眼回味。

我
好想是你手中的一杯酒
在你的指间旋转，
与你欣赏的目光纠缠，
感受你唇齿间的温暖。

而你说

酒就像是选择女人,
能陪伴你走过这一生的,
是你已经拥有的那一款。

我
化作你手中的一杯酒,
在你指间旋转出我的情感,
请感受我挂在杯上的泪痕,

是紫红色般的留恋,
是稻黄色般的缠绵。

饮——酒;
品尝——思念!

那支离破碎的不是酒杯,
是我那许久的爱你的心愿……

今夜酒有几分醉

当红色流淌在黑夜最深处，
像火热的心动后干冷的苦，
今夜有酒陪，酒含着几分醉，
醉到浓处，不怕孤独。

当指尖滑过冰冷的水晶柱，
像一路没有痕迹的征途，
今夜有酒陪，酒含着几分醉，
醉到痛处，不怕泪珠。

当红唇吻过了流向体内的那一丝温度，
像寒夜中月光温暖的保护，
今夜还有酒陪，酒含着几分醉，
醉到深处，不怕辛苦。

若今夜星光下，
酒还能给几分醉，
醉眼看的人生就别太悲，

纵还有花谢后等来年的花蕾，
纵还有夜深时酒给的几分醉，
就不再怕夜的冷，
路的黑。

今夜酒有几分醉，
泪有几分美。

月光杯　把酒醉

孤单的酒杯，
映着月光碎，
究竟哪个，
让我醉……

一路多坎坷，
笑中总有泪，
究竟哪个，
让我悲……

今夜孤单的酒杯，
映着天边月光碎，
看醉眼流下的泪，
看到眼泪也会醉……

思念让人苦得完美，
让寂寞冷得可贵，
今夜多难得，

月光杯，把酒醉，
就不需要人陪……

遇见你的那杯酒

路边,挂着新酒牌的红酒屋,
昏暗的霓虹,
像是专门给情人蜜语的处所,
填补水晶杯的空虚,
望着门窗外的市井,
陌生的面孔,停停走走,
何时可以换你出现在街头。

我们,从美丽的气泡换到红色的情调,
还有没有一种气味,
可以告诉我大地的味道,
过去,是一步一步走过的池沼,
等水分,在岁月里风干,
重新去栽种,上帝的果苗……

拥抱,最怕触碰不到成熟的依靠,
像太过青涩的葡萄,
等不到发酵就被弃掉,

只是,我的努力,
你看不到,
就入土为泥,当作对挚爱的祈祷。

转身,担心太多雨,会冲淡了味道,
看不到雨后彩虹的天空,
是否蔚蓝,没那么重要,
原来,开错了还没遇见你的年份,
难怪,
品不出回忆里,你的微笑,
何日再重逢在微醺中,
就算不真实,也没什么不好……

花落了结果,光阴在经筒中轮回,
一生,只为葡萄能熟透,
再见这杯酒……
一生,只等葡萄熟透,
上杯酒……

再见我的海洋

我的灵魂是海洋

我的灵魂是海洋，
有风平浪静的沉默，似爱你一般无漾，
有惊涛骇浪的咆哮，似你离去的情殇。

我的灵魂是海洋，
有繁于表面的航道，听海鸥伴鸣笛歌唱，
有沉于深海的珊瑚，静静生长，任海水打磨瑚光。

我的灵魂是海洋，
给予所有徜徉的生命，也埋葬所有悲戚的死亡。

我的灵魂是海洋，
给人波光粼粼日升月落的希望，
也有夕阳下的斜影，越来越长。

我的灵魂是海洋，
知道你回不来了，就像，
从来都只是倒影的云，飞鸟，和月光。

美人归家

风吹散了云雾,明月,入画,
指尖勾勒了芬芳,如暗夜盛开的花,
长箫配马蹄,斜影,在天涯,
沾染满衣襟,滴破沿途风沙。

不去想,
穿过森林,能否再见红妆,
不去看,
溅破的溪流,打湿了几朵花房,
曾经几何,也会聆听心殇,
终看透,刀光剑影与眼泪
都属痴狂。

箭未出弩,就已痛了远方,
笔未提起,就已映出模样,
铁靴、佛珠、信仰,
哪一味可跨越对面的城墙,
对开的大门,

等待永生的相忘。

一颗你的善良，
这夜，带我梦回过往，
一株你的探望，温暖异乡，
醉眼读过的故事，
情节段段蒸发，
系在额头的发带，你留下。

风吹散了云烟，清晨，入画，
箫声去，马蹄远，驰骋天涯，
爱曾给过勇气，留及腰长发，
断梦近涅槃，美人归家。

那 一 天

从浪花拍过脚尖的那一天，
细沙就不再为了谁留住诺言，
海的深处，或许，容百川，
但有心靠岸，无风浪，就搁浅。

从看云朵哭泣飘散的那一天，
大地就不再为了谁海枯石烂，
天空的颜色，或许，永恒蓝，
但阴霾不放晴，独爱，下雨天。

从窗头风铃响起的那一天，
玫瑰就不再为了爱芬芳弥漫，
指尖的触摸，或许，被刺穿，
但留得一段美，瞬间也璀璨。

其实，荷花从未被谁怜，
垂爱，只因它从不靠岸，
风雨中独影，

藕断何丝连,
诉说,只有路过的风听见。

其实,青春就是一种放肆,
放肆的错,放肆的疯狂和执着,
回忆是一个沙漏,
越是沉重的,越先溜走,
放空了不完美,继续享受。

一秒有多长,就有多短暂,
一生有多美,就有多遗憾,
一步有多远,就有多靠近终点,
一人有多少陪伴,就有多少孤单。

从浪花带走心愿的那一天,
止笔不再描绘这画面,
一生能留下的,甚至不包括这副皮囊,
最终属于自己的,
只有赐予内心的情感……

流的血　都一样

成王，败寇，你死他伤，
马将，沙场，归途都一样，
山河，红墙，留一抹粉妆，
武士，秀娘，相拥梦一场。

前世你是谁的肩膀，
今朝都不属于身旁，
来生我为你佩戴勋章。

你高高在上，
我挥旗乞降，
而最后流的血都一样！

长城盖了仅供欣赏，
挡得住马蹄，挡不住心伤，
刀剑断了血还在流淌，
封得住喉咙，封不住沧桑，
海枯石烂是诺言兑现了，

翻开泥土将化石裱框，
葡萄熟了冬天也就到了，
酿杯美酒迷醉了帝王。

君不见又一次天亮，
铁骑在风雨中起航，
天地也轮回，
一朝晚霞，一朝星光，
不醉倒，如何归军帐！

还是一夜风光，你的手掌，
撕碎我虚假的伪装，
奉上今世只一次的疯狂，
又见缘起，又见灭亡！

后来，山石腐烂，
后来，无谓无知，
后来，死了躯壳，不死的欲望，
后来，我入地狱，你在天堂……

明天怎样

不能给你阳光,是否可以给你体温,
不能给你花香,是否可以给你粉妆,
无法跟着你流浪,
是否可以握住我的渴望,
走了,
等不到的到来,
和,从不停留的离开……

风可以很温暖,但蒲公英还是要飞翔,
雨可以很柔软,但思念还是润湿眼眶,
彩虹还可以如期地涂鸦,
只是微笑的那座桥,永远无法登上,
走了,
花开不过深秋,
枫叶替你染红袖……

如此冷静的清秋,眼神,
随波逐流,

哪里放了烟花,就在哪里欣赏,
哪里点起了篝火,就在哪里燃尽欲望,
可还是会一样……

不过是又一个轮回,等着被遗忘,
可以是思绪,可以是脸庞,
总有一个被岁月典当,
可永远不一样……

风干的烙印,在心口成长
是抬起头,
就能看到的月亮……

走了,
斑驳不过树影,
洒碎不过星光

提笔一墨过往,
举目一眼远方,
写给春季的自己,
一卷更美的分享……

走了,
"是狼,就跟狼群在一起,
是英雄,
永远在路上……"

莫塞尔之恋(一)

最后一次旋转,轻靠你的肩,
长发拂过你的侧脸,
在莫塞尔河畔的霓虹中,
以没有天明的方式
热恋……

相遇在午夜的零点过几分
木格门,一半打开,一半挂着O-p-e-n,
酒保用无邪的微笑,
让酒精纵情燃烧,
看着人群,相拥着停靠。

木吉他,在角落中响起,
谁还记得这首,佛朗明哥的热烈,
浸泡在这夜里,只有眼神还能冷却,
忘记国家和语言,
用内心焚烧的火焰,无限地接近,
直到睫毛,在你耳边。

推开所有落地窗,让夜风过场,
当皮肤与空气一个温度,
放迷醉不断去扩张,
洒进霓虹的星光,与音乐溶成了情网,
靠血液流动的汗让酒精蒸发,
任由身体去流浪……

如果昨天不曾存在,今夜又会在哪里?
如果明天不再到来,错就不怕持续,
就快天光,才发现还没看清你模样,
就快道别,还没问过你的姓名。

莫塞尔在时间中静静地流淌,
有多少故事,在这里发生,
又在这里被遗忘……
有多少岁月,禁得起欢笑,
又禁得起悲伤……

天明,起航,
指环在阳光下反着光,
清水,洗过的脸,
也不会锈了谁的衣衫,
天空蓝得像是从来不曾经历天黑,
河岸旁,看着水中倒影,
与夜一样,没那么真实,

却存在着,无从抵挡……

河流的尽头是否风景旖旎,
还是,
望着彼岸花开,觉芳香已足够,
无人关心,
无从知晓,
就当美丽,已成过往。

莫塞尔之恋（二）

闭着眼，听着风，也许，
宁愿游历在夜里，寂寂无名，
抵泪珠，目星光，那些耀眼的骄傲，
不过是宇宙中，一颗沙粒，
恋，是我的墓志铭，
但要我甘心，与你相遇，
唇齿间风生水起，
交融在莫塞尔河畔的，
另一种风情……

双手捧不住流年，体温化不暖秋凉，
来不及向上天借一份好信仰，
枯枝落入草席，铜像染泪滴，
所有悲伤的故事，默默低语，
暗冷的怀抱，渴望被怜惜，
像飞蛾被火焰无限地吸引，
只为了重生，而燃尽……

于是在冷月下莫塞尔的对岸，
肆意地挥霍着物欲，情欲，
月光照不亮自己，流星逃不出天际，
何必隔着一颗心，笑我无稽，
双眼留不住随河流远去的花语，
伸手抓不回你吻过的夏季，
岸边山坡的葡萄，已熟过了你我，
等酿成醇酒，便各自，
饮一杯天意……

转身你已经远去，
经过了距离我心最近的位置，
却拒绝走进我心里，
化作夜空中最亮的星……

天黑终天明，阳光将梦刺醒，
河岸边身体的烙印，已被洗刷无痕，
莫塞尔无常地静静流淌，
而对于人世间的喜怒游戏，不置一语，
还是那一片风景，
还是那一抹旖旎……

再见,我的海洋

快到了吗,
仿佛已经听到了海浪的声音,
天快亮了吗,
月亮的颜色变淡了,
车还在开着呢,
在背后的我,紧紧地拥抱着
知道你还在醒着,
就不会担心什么,
你开吧,我睡了……

破擦过的野草,
带着潮湿的泥土的味道,
风,从耳边经过,
小城镇的灯熄了,
案板就在门旁,
石山就是后窗,
蜜蜂的清晨,去采百花香,
车轮慢慢停下,

也享受平静的时光，
逃离出混凝土的隔板，
细沙就在不远方。

没什么不属于，
虽然陌生，感觉却熟悉，
海浪的声音，越来越靠近，
你是不是也要休息下，
在浪花中放开挣扎，
我们都曾想做，最自由的灵魂，
让大海去带走它。

黎明悄然上场，
孩子们，在起床，
唏嘘的文字，
听不懂，也不会慌张，
这样的小城市，
我不会来几次，
已不属于我的故事，
偶尔用作欣赏，
引擎又响，
破晓之前，起航，
等下一世还我一身鳞装，
再见，我的海洋……

心　说

心说，
若这个世界都是黑色的，
血的红色谁辨得清晰，
阴霾，不被人在意，
脚步游走在灰色地带，
你却看不明白，
还在继续涂鸦着夜色，
描绘，
树影的斑驳。

心说，
若这个世界都是冰冷的，
眼泪的温度谁又能感知，
火苗，最后一丝妖娆的舞姿，
仅供人欣赏，
你却还不明白，
就要燃尽的氧气，
一度度接近冰点，

温暖，
消散……

谁把我抛弃在深夜里，
让黑暗包容我的孤寂，
谁把我抛弃在雪地中，
让寒冷冰冻我的泪滴……

心说，
丢还给人海，
在梦境中重遇……

湖畔候鸟，
湖水映着最后的夕阳，
羽毛梳理湖边的风光，
候鸟收拢了翅膀，栖息在光阴中回望。

茉莉花开出回忆的芬芳，
泥土刻印了那段过往，
倒影中爱过的模样，平静地依偎在云朵旁。

也曾飞翔，
在风中吹红了眼眶，
流下的泪，滴落在你的手掌。

也曾流浪，

丢石子在湖中央，
涟漪波动了倒影，
有的手还紧握着，有的手已放……

在岁月中迁徙，
灵魂停靠池畔，
绿色的葫芦叶，
连绵成一片碧海，
等最后一丝夕阳变成第一缕月光，
去梦里见你微笑的模样，
已走了太远了，
那些年少的痴狂……

留一片阳光给自己

天边的颜色是墨绿的，
大海的心脏是深灰的，
一个人的下午是幽蓝的，
滴碎的珍珠是透明的。

在人群中可以疯狂，也可以孤单，
陌生了空间，不想被发现，
就闭上了眼帘，
不去看这个世界，世界就消失在眼前。

沙漏，反复颠倒着方向，
看时间从细缝中流逝，
又有什么意义……
留一片阳光给自己，
黑暗了世界其他的角落，
又有什么关系……

风穿过了耳畔，

卷走了黑色的回忆，
既然周围的人都在微笑，
我为什么哭泣。

刺穿皮肤的刻刀，还是血红色，
你微笑着问我
为什么哭泣。

说故事，没有结局，
两个人，泪眼相望，
从陌生到熟悉，
需要走几段荆棘，
从微笑到泪流，
只需要一个丁字路口，
一个向左，一个向右，
一个转身，一个放手……

孤独的感受，不是形单影只，
而是将心事刻在树上，
向路过的云诉说，
谁听不听得见都没关系，
留一片阳光给自己，
晒干泪滴……

柠檬遇吉他

叶枝丫,
等太阳照给它另一个影子,
看看自己,
孤独时的样子;
再等雨落下,
轻轻抚去它叶身许久的尘埃,
听听自己,
卸下负累时的声音。
旧吉他,
靠着树墩比谁的年轮更曲折,
也或许,
是它终于找到了它的家。

牧童的短笛,
悠扬过远方染红的云朵,
直到天边黄昏晓,
笑中还带着泪花,
不在乎,

你的脚印曾留在了哪里，
而现在的你在这里，
叶枝丫，
比对影看着妩媚，
也不再孤单，
成双的影子伴在身旁，
拿着吉他。

木轮转过的尘土中
顽童们嬉闹着追赶，
笑声在耳边经过，
扰乱了吉他的声响，
昨日的离别，
在夕阳下显得更忧伤，
晚风把云朵吹散，
让思念缠绵柔软，
最后一个和弦，
落在了地平线，
荡在天地之间，
寂寞盘旋，
用空气画上一个句点，
回归故乡的小镇，
木吉他相伴，
旧梦，
天涯，
远……

吉他响起，
柠檬笑了，
终于不再酸酸的，
也甜了……

流　转

信仰，绝境的希望；
年华，岁月的书画，
渲染，孤单的屏障。

遗忘，上帝的原谅；
红尘，地球的衣裳；
享受，缠绵的冥想。

仰望，低语祈祷，
只愿一天，
你会为我停住流转的目光，
泪若繁星，
聆听我的虔诚，
夜夜焚香。

悠然一道烛光，
两侧，
你我对望，

烛灭一刻，
将阴霾带走，
留下微笑的月亮。

青草上悠悠的露水，
滴破昨夜胭脂香，
海天一样的素装，
包裹了梦的流淌……

雨落，大地起舞，
跳跃在皮肤上的哀伤，
前世注定被遗忘，
来生依旧风雨磅……

深院未醒（二）

我们相遇在深院中
一扇半开的门，
灯是黄，酒是红，
月色是夜的衣裳，
泪是苦，笑是甜，
一路隐忍，是辛酸，
五色的深院，
五味的夜风……

看你的眼，在窗格另一边，
目光却落在我的身后，
一片宁静的深院，
看你的唇，在张张合合之间，
声音却擦过我的衣袖，
荡在沉睡的深院。

我像是夜风中矗立的冰雕，
被你的眼，你的唇雕刻着形状，

走到这深院，
停靠在你门前，
化作一潭净水，
等待你路过时映照下你的侧脸……

沉寂的深院，
古松下的摇椅，是流年，
尘封的枯井，是过往，
石缝间的青草，是心愿，
那一朵花开，是红颜……

我们重逢在深院中，
开着的一扇窗，
你的目光，落在我被风戏弄的衣裳，
烛火燃尽，蜡泪残留，
只剩一味，叫无言，
你还留在窗格的另一边，
目送着一潭净水，
渗透进，
未醒的深院……

我爱你，
梦回彼岸……
至死不渝的誓言，
止在，
未醒的深院……

梦 语

秋 路

路,有多少残缺的怀抱,
几公里,停停走走,
润湿了眼角眉梢,
临别的风景,
像是枫红的树叶对盛夏的告白,
一直吸吮着你的炎热,
送还给你一个火热的心跳。

锁住笔墨纸砚,
告别黑白色的山水,
锁不住的,
彩色的心绪,
就像是花瓣凋落后,大地的颜色,
你若觉得那不是花落,

便是美。

过了灌溉的时节，
花瓣得以自由飘洒，
左边一手笔谈，右边一手诗卷，
书写心堂笔记，如若
置身梦呓。

童 年

塑料凉鞋，不大的村庄
包围着宽广的玉米地，
白泥岸的水库，
小河在流淌，
地垄里深浅的脚印，
竹竿头抓蜻蜓的网兜，
趴在我肩上四下张望的螳螂。

炒出爆米花的味道，
大米饭粒勾着小鱼跳，
大地就是供我嬉闹的摇摇床，
花瓣染红的指甲，
带着淡淡花汁的清香，
躺下了就是怀抱，
大雁飞过眼前，

梦想在彼岸,
或许我,
只要这样就好。

当蓝天还像是一块画板,
当白云还像是甜甜的棉花糖。

晚　安

夜幕,
总是流连夕阳的余温,
万物斜影,
亦渐随日落而远去,
霓虹灯火,
似遍地而开的烟花。

还有未归的人……

晚安,还在匆忙着的世界,
是我错入了这般繁华,
缝隙,不够拥挤的填补,
只是想要拔掉发条,
卸下电池,
与繁星一起,只属于夜晚。

晚安,还在烦乱的情感,
银河撒碎,织女空念,
还待凡尘,几世悲情相传,
做让人合眼睡去的故事,
夜的序曲,代代聆听,
与玄月一起,只属于窗边……

晚安,
人已入梦,
爱已入眠。

城 堡

一缕醇香飘过,然后
被谁拾起,
儿时烂漫的童话,
和曾一排排书写的感叹号。

在一院围墙内,
爱上一种运动,叫等待。

不是依赖救我的王子,
说服自己的怪兽,
别要我坐在谁的怀前,
白马,

请两匹并肩,
救赎,
不是一段段美好的拼凑。

不是城堡困住了谁,
市井,满目自由的躯体,
是心灵驻扎了森严的城堡。

当你发现,
它不过只是一块,易碎的冰雕。

夏 雪

突然抖动的大地,
草木比闹市更沸腾,
无惧轮回,
只因早已习惯了流年,
重回一片,
广阔无垠的白雪,
这里的大地,
没有刀剑留下的伤痕,
只有,
你的脚印,我一路相随。

只是,雪化得那么快,

与流水一样，
了无痕迹……

结 语

相逢匆匆，
晚恨泪雨人，
何以操纵，
追爱行踪，
萍水相逢，
皆呢喃梦语，
留下花谢一片红，
云散一片空。

虫 二

一边是青灯两盏，古画诗卷，
一边是月光红酒，琴键和弦，
一边是寻烟缭绕，绕夜不绕怜，
一边是寻香若惊，惊梦不惊寒。

梦在睡梦中，清晰如烛火，
忆在回忆里，朦胧似雨潭，
酒在酒杯中，旋转不散醇，
人在人海里，徘徊不聚缘，
要爱不遂，爱已似火，
要梦不刎，梦已如烟。

一边是竹札，等待一笔传说，
一边是流年，记录一世容颜。

一瓢晚风影斑驳，树枝交错，
一饮美酒夜如墨，星月成河，
看月不比嫦娥叹，也叹人间也叹天，

听风不比云抚月，也难如钩也难圆。

光阴如梭夜如曲，
旖旎无限，
风月无边。

战争启示录

竹枝节，雕刻着，
黎明前的黑暗，
为了什么而害怕，
去面对世界的审判。

抛给大地，多少罪过，
而谁会为硝烟忏悔，
而谁有能力仲裁对错，
却不再有微笑陪着你我。

死伤不算终止，
刀光剑影，仍未消失，
谁真的胜利了吗？
是战争暗递的完美启示……

倘若，今天开始没有了荒谬，
可依靠在窗边，
看着雪地融化中的日落，

就算等不到地老天荒,
也可以在温暖中慢慢蹉跎。

倘若,今天开始没有了战火,
可遥看炊烟袅袅,
天海与梦同阔,
直到大地又恢复了松动,
繁华又轮回成因果,
启示录条条戒律,
依旧为人颂说。

重 生

我贴近了太阳,
炙热融化着我脸上的冰霜,
水珠清洗着我的发,
发丝间那些属于二十五年的纠结,
都在燃烧,
与过去的片片回忆一同下落,
坠入脚底的尘土,
随时准备被吹散或埋葬。

光芒,
就像一触即发的欲望,
心刀在背后的大地划下一段伤,
火石破擦处的瞬间闪烁,
早已迫不及待点亮,
挣开黑暗就得重生。

我已为这一幕编写了
上万种剧情,

当落下的手臂
还有血在指间流淌，
一切已就绪，
融碎包裹的冰，
落幕被撕毁，
回眸是诱惑的目光，
嘴角在上扬。

无论喜悲的过程，
都是越来越接近结局的完整，
或哭或笑，或坎坷或平淡，
有让我停下的剧本，
我就不会再流浪……

危险游戏

最古老的游戏，
枯枝在地上留下划痕，
两个大小一样的木盒，
你要开哪个。

跳跃古庙后的神坛，
重复无数遍神秘的咒语，
两道不同的印记，
你凭什么记得。

无所谓信念，
也没有可遵循的教条，
只要你相信，
这是属于神的旨意，
闭上眼，
听纸屑撒成漫天风雨，
握在手心中的，
就是真谛。

风滚动沙石错位了痕迹,
古钟敲得梦支离,
醒时一枕寒窗,
经筒转过了几许,
只为了一千年后的相遇。

C大调的每个音节,
无升降的轨迹,
黑色键要怎样去谱写,
你,
生命的插曲。

危险的游戏,
木盒打开后……
要不要继续!

临江仙

光阴十载归去，
重忆往日依稀。
残阳入梦送春离，
流水拾花蒂，
红烛染云衣。

把酒樽前粉泪，
霜晓眉下雨飞。
流霞旧艳随梦远，
冷风葬清月，
孤灯照泪滴。

秘 密

秘密,
守住了就是不得已,
公开了就是距离。

挂着十字架的木盒,
总被诅咒着,
说不可以打开,
否则会有万劫不复的后果。

凸凹不平的金色,
挂着油脂抹擦过的光,
多少人犹豫着,
罪恶的门无锁。

爱轨迹出了界,
秘密像氢气球浮升,
你努力去遮掩,
覆盖我的追踪。

秘密太诡异，
打开的瞬间，
没看到传说的光芒，
只有比夜更黑暗的空荡。

用手触摸空气，
以为抓得住你的消失，
赤着脚在泥土里，
比秘密更让人窒息，
五千年后的今天，
我们的爱情被划出限界，
无法再成立。

秘密，
关上了才能继续，
摊开了就无期。

秘密，醇酿半酣，花落成泥……

佛朗明哥的告别

牛仔色情调,
艳红的舞裙,
咖啡中夹杂了酒精的迷醉,
冷或不冷,
今夜都一定热。

旋转进异国的风,
情让人晕眩,
相遇在西班牙吧台,
Show me your
公牛血的味道,
吉他也弹奏出爵士音符。

天明就终止的爱情,
今夜用佛朗明哥伴你跳,
旋转,侧身,
红舞裙翻卷波浪,
侵袭你怀间,

是我爱你的火色宣告。

折扇的落地木窗,
垂直了,让夜风过场,
你汗渍流写了我的欲望,
无须遮掩,
让皮肤和风一样温度,
才最迷狂。

今夜我是你的佛朗明哥,
记住我血般的红色,
匹配西班牙的舞夜,
享用Physical的诱惑,
佛朗明哥最毒界限,
你,沉醉了没……

黎明就起航,
阳光照透所有牛仔色的灰暗,
我的明天属于哪里,
最后一支佛朗明哥,
你看到旋转瞬间的冷艳,
是我最后的告别。

花谢的季节

花开了又谢
孤单了呵护她的绿叶
清晨雨露润湿了
这片芳草世界

躲进花谢的季节
品味单单思念感觉
突然间发现世间万物
原来都怕离别

花开终花谢
什么是一生不变的情结
瞬间遗忘了一切
只愿牵你的手,走陌生的街

缘生再缘灭
默默等待爱的灵魂出现停歇
拾一地花瓣还绿叶

也许人生终归大自然
要经历一段残缺

聚　散

枫叶红透山野的那个秋天，
像一幅永不褪色的画卷，
你带来咖啡的温暖，和水果糖的甜，
又是一幅丰收光景，
我像个孩子一样不知疲倦，
思念聚成阳光下的云朵，纯白而柔软，
风吹开了蒲公英的容颜，
跟着岁月绽放无数笑脸，
所有红色叶落的纪念，
被覆盖在白雪中，化作春天，
也许不会再有歌颂者，
你依然被许多人怀念，
时光中多少聚散，
就酝酿出多少醉人的诗篇……

孤 独

沉沉密约待日出，
杳杳离情泪成湖。
看似长空接碧水，
天海云风皆孤独。

你的微笑

氢气球终于在黎明前,升上天空,
看繁星点点洒落,化成人间万盏灯,
我和我最爱的故事,寻找完美的情绪,
终于在转身时,我认出了,你的肩膀……

被吹散的落叶,最后也都离别了风,
最美颜的,甜腻的花开,都成了过往,
但是我记住了,那段芬芳。
所以允许了自己,念念不忘……

河水,最终都流向了最广阔的海洋,
带着一路收集的却未能绽放的梦想,
可能错过了绿柳编织下的夕阳,
最后在深海中,孕育着万物生长……

你真的需要,比月色更坚强,
因为你的微笑,是最灿烂的阳光……

前世今生

天空无圆月,心城有弯弓,
若无前世一触碰,
何来今生你我落入彼此双眸中,
毕竟沉沦也躲不过伤痛,
所以愿拥抱,哪怕会落空。

跟着风流浪

风,流浪,
经过树旁,
叶就开始变得痴狂,
跟着风一起流浪。

深秋的力量,
叶陪着风一路迷茫,
在飘零的季节,
试图寻找方向。

哪条路更长,
哪段风景更值得欣赏,
哪夜看得到更美的星光。

风,流浪,
带走了树的一片黄,
用深秋的凉……

跟着风去流浪，
走出旧日不变的模样，
离别时最珍贵不过泪两行，
原来最美的一刻，也最伤……

跟着彩虹笑过……
跟着乌云哭过……
跟着风流浪过……
信念，从没放弃过！

情 毒

神秘蝙蝠从街灯处飞过,
无声降临的欲望太多,
穿华丽礼服,她享受着反复的生活,
疯,是我吧,我保持沉默……

情是有毒,她设下爱的旋涡,
相当脱俗,别怪我擦枪走火,
一个又一个的意念是谁的错,
盛怒,是我吧,我无话可说……

蓝白色的光

远处闪烁着蓝白色的光,
就像是夜空萤火虫的微亮,
让人很欣赏,
很容易就这样呆呆地望。

光慢慢靠近了身旁,
眼前开始飞舞起彷徨,我身在何方,
在哪段路上,
还是走进了谁的梦乡……

别离我太近,让我想要躲藏……

转身的距离就触碰谁的肩膀,
看不清脸庞,
只有夜雨滴在头发上,
还有那不灭的蓝白色的光……

我以为时间就快要带来晨芳,

我看到远处的山已有忽暗又忽明的影像，
谁的泪还徘徊在梦里面，
牵绊着翅膀无法放自己去飞翔。

我以为就快看到你微笑的模样，
我仿佛感觉到正在实现的梦想，
那最清晰的光圈，
是曾经美丽的天堂，
是现在无法兑现的地老天荒……

夜还继续，梦还没碎成满地的伤，
还有月下叶子的飘荡，
还有黎明前黑夜的最后一丝疯狂，
还带着蓝白色的光。

火夜天国

夕阳,就像是火夜的序曲,
最后一丝炎热会洒在哪片土地,
刚到初夏便已开始闷热的空气,
归雁已渐露行迹……

谁的心还留在去年的秋天,
只见红叶飘零却不见风雨,
留一段艳丽的回忆。

夕阳,总在泪眼中散去,
看黄昏初显在天际,
今夜又将繁星点缀,
月亮不会孤寂……

谁不忍眼看着最后一丝温度冷却,
谁把烛火燃尽后又在燃烧自己,
夜如此漫长,痛又不愿闭上眼睛,
在火海中蓦然等待,

要确定看得到记忆都远去……

恍恍惚惚中，看到谁又朝这个方向走来，
模模糊糊中，灼热的痛已离开，
睁开双眼，一片美丽的云海，
记忆重留空白，
唯一清晰的，是昨夜路经天国门口，
而天国拒绝接待……

悼念刘老师（一）

草木一世，几度枯荣
红尘一梦，情有独钟，
身不由己，来去匆匆，
醉问过往，泪眼蒙眬。

愁湖看远楼，心不在此中，
桃李花又春，再无你音容，
山水不复见，南北难相逢，
三更又无眠，倚看泪满空。

悼念刘老师（二）

春又满庭院，却已无人在廊前，
泪又滴白衫，只觉今日水犹寒，
长恨离别那双眼……
最后回眸，从此，君不见……

桃李可曾会记起，你笑貌容颜，
无奈朝来寒雨，晚来泪满面，
春来秋去又一年，欲语谁在耳边，
酒醉酒醒又一梦，故人，犹在樽前……

一 生

一生最慕何人，
无非不染尘埃，
坐有书酒相伴，
行有山河满怀。

他们的故事，他们的歌

一诺来生
——记《琅琊榜》

发梢梅花半情语,
四目望穿秋水意,
城墙内外,粉妆玉砌,
十年山河供相依。

一身新装,谁是你,
从此眉眼成追忆,
金戈铁戟,踏没在梅岭,
长亭相拥,唤不回旧痕迹。

光阴如箭,步步荆棘,
烽火未停,从不待人息,
以满身伤痕,换与你重遇,
只为一次梦醒,一场别离。

琅琊阁尽天下事,
唯难与你共朝夕,

今生一诺，来世践，
不做英雄做布衣。

是否麒麟，江山定，
松柏长绿，情长惜，
俯首甘为，君王器，
提笔唯念，长林军。

我变了，我没变
——记杨宗纬《我变了，我没变》

雨天，眉下，又眼浅，
躲在最初相遇的，屋檐，
冷风，胸前，又心酸，
忍着伤痛，缝缝补补旧心愿。

整个世界，都在，等雨停，
像是整个人生，都在，
等一个人。

整个世界，都在，迷恋从前，
于是我坐在年轮旁，
数圈圈。

贪心，贪情，所以无缘，
透过雨的眼，只能看到，泪的天，
岔路，岔口，差点冒险，
快门中两个身影，供纪念。

盼望时间，分分，秒秒，拖延，
如果迟早，都要被倔强拆散，
靠你越近，心却，越来越远，
是我变了，还是，我没变。

雨天，眉下，又眼浅，
最后一次，与你，擦肩，
默默地深爱着你，这么多年，
无论，
相见不相见……

掬水，月在手
——记《掬水，月在手》

醉如一笔弄墨，染黑了天空，
歌如一味柔情，动容了沉默，
谁的指尖与琴弦拨动了你的目光，
爱错过了上一种表达方式，
就低声哼唱……

从人群霓虹，走到各自浅斟，
像华美的叶落，随流水蜿过，
这个季节的花，艳不过忧伤，
总用各自期待的方式，去欣赏……

记住了你双唇的形状，
却触摸不到你掌心的温度，
当洗尽铅华，最后还是要流浪，
没什么行囊，
就带上旁若无人的泪光……

雨一样地相聚,
又像云一样地散场,
是否无关风月的伤口,
都无关痛痒,
用杯杯红色去浸泡,
光阴中那些按捺不住的痴狂……

爱你,诉无声,
掬水,月在手,
皆如年岁般无形,
只是在心上……
只是,在心上……

姚姚无期

——纪念姚贝娜

仰望蓝天，以为拉近了与海的距离，
手画冬梅，以为更接近皑皑白雪，
点上两盏星光，若不是还有车来人往，
多希望这一夜，任凭孤寂，
在无声中绽放……

什么都不属于，只静静地听自己，
在哪段路途上遗落的心，等待被人回忆，
拾起流年中那些散落片段，
我只看见了你，
我只看见了会对我微笑的你……

没什么能属于，生命这样无形，
想用心地抓住一丝氧气，却无力，
还有几段盘旋在耳畔的旋律，
可以静静被人聆听，
而我只想听着你，

而我只想听着你,当音乐响起……

是否也曾属于,哪怕只是一个夏季,
是我追寻了多少借口,却还是错拥在别人怀里,
有几度的温暖,还可以润湿我眼睛,
可我只想陪着你,
可我只想哪怕再多一秒,陪着你……

添了一杯酒,以为更接近地忘情,
敲了两行字,以为有人能读懂伤悲,
趁着月光下,还适合这斑驳的思绪,
就醉尽了这夜,任凭一切爱恨,
这样姚姚无期……

红叶小姐
——记《名侦探柯南·解开红叶公馆之谜》

后来每一年的深秋，
满山的红叶，像你清晨的问候，
想把这思念永恒地保留，
倾尽一世，繁华无休。

可以用你的名字，建造王国，
像岁月在有你的陪伴中度过，
只因天堂不再放任天使流浪，
于是，我替你保管了翅膀。

深爱红叶，胜过爱千秋岁月，
所以用生命，交换明天，
叶落在根处，等来世的轮回，
今夜，就提早与你相见。

早已看清背后是什么风景，
早已笃定结局，上演什么剧情，

附上一张底片,洗一张合影,
是枫叶,又染红了一双眼睛……

天地终于下起了,红色的雨,
更近了,去天国的距离,
一杯红茶,一杯奶精,
看清澈逐渐被混浊占尽……

又听上一曲,红叶女,
看窗外,有生命在延续,
此生背弃了善良,游走在边界,
只为更好地爱你,
此生散尽了财富,带走一片红叶
只为在天堂,遇见你。

是的,又到深秋,
这次不会再让你,等太久……

信 徒
——记张卫健《信徒》

直到有天,不再期待阳光灿烂,
连仅有的云朵,也觉得孤单,
风路过晴天,温柔了双眼,
只是你不在身边。

直到有天,花开得过分鲜艳,
连仅有的笑容,都不再被看见,
舞蝶经过芬芳的花园,
染香了哪幅画卷。

虽然摊开了发霉的昨天,不再被谁眷恋,
终于看清,刻在心底的指环,
一直努力地去实现永远,
哪怕早已经不见……

想快乐,想持续,
只是一个信徒的执着,只是,

情到深处，伤得更多。

如果你不曾是我唯一的选择，
也许这夜的泪水，不会洒向星河，
越靠近，却越抓不到，
像不再背负心愿划过的流星。

如果相拥不是温暖唯一的选择，
也许沉默的湖岸，波澜更多，
越期待，却越远离的脚步
像甘愿扑火的飞蛾。

直到我双眼已经模糊，
是又一次被放弃的痛楚，你不明白，
已成为你的信徒，
不是眼泪可以带走的情愫。

直到我心跳开始减速，
而你只有满脸的不在乎，你不知道，
学会了孤独，
却从未放弃追逐……

光　影
——记杨宗纬《光影》

胶片在水中，你的侧脸，若隐若现，
时间的钟，快快慢慢，谱写在光年，
信纸上的钢笔水，
在逐渐、逐渐搁浅，
曾在踌躇中经过的雨天，
曾红着脸想象过的画面……

镜子中还是那个沉默的自己，
只是被市井侵蚀出，你不爱的样子，
风在门窗的缝隙中，
穿梭出一种坚强，
与泪烛在纠缠，不被人渴望……

十二点，午夜的黑，
月光下，酒中的醉，
胶片上，黑白交替，
似月影，如光如漆，

只是我怎么努力,你却还是在回忆里,
随着光影,逐渐、逐渐远去,
只是后来的故事,又被谁拾起,谱曲成歌,
唱给谁聆听……

桌椅还在墙角,只是多了一层灰,
记忆不愿被打扰,思念偶尔也叨念,
今夜的月,亲吻了哪一颗星,
而你在谁的怀里,
是怎样的一种美丽……

光影从不重复上一秒的缘分,
热烈无法沸腾到下一个温度,
像回不到葡萄的酒,糖分早已发酵,
是你不再爱的酸涩,
是你不再欣赏的味道……

胶片中,你的容颜,
已不再属于我的指尖,
微笑,烛灭,闭眼……
等黑夜苏醒,在光亮中书写,
下一段生命的语言……

低 回
——记杨宗纬《低回》

回忆的门,打开了是否就能回到过去,
时间的钟,倒转一圈是否就能停留,
你,撒开了手,
天国是否愿意接受,
还是你只是回到了你来的地方,
所以才不留恋,曾经的拥有。

我们只是牵着手,到过海洋,
看着地平线,
你说你想去没去过的远方,
用誓言允诺,却被时间掠夺,
拿什么抵回昨日的欢乐。

我们只是相拥过,在星空下,
你说月光很美,就像梦中的天堂,
用一刻微笑,用一世遗忘,
如何去抵回昨日的阳光。

天空的雨水，润湿大地的面庞，
天堂是否也有思念的泪光，
我看得到你，
或许吧，
已无力抵挡，
笑时，泪两行……

只有空白，可以填补空白，
只有等待，可以安慰等待。

你，放开了手，
天国是否已真的接受，
我，用心抵回，
那些用伤与痛交换的笑容，
那些要为你而去的远方……

我 愿 意
——记古天乐《我愿意》

淤泥不染，清涟不妖，
荷花的美，是从不靠岸，
清风怀抱，空气相伴，
荷花的美，是比昼夜交替更甚的孤单，
谁曾听荷花说过思念，
思念池畔的树荫，思念空中的柳絮，
鸳鸯送来涟漪，轻拂荷叶，
凝望的人就在岸边，
请你勇敢跟爱见一面。

天蓝得冷静，水绿得沉着，
谁在把握缘分的转变，
斜阳照木椅旁，花藏在灌木间，
时光中从不停下的是，流年……
请你勇敢跟爱见一面。

梦是现实的安慰，

醉是清醒的眷恋,
爱不需要算计得太清晰,
才敢于表白,
而现在,她在眼前,
夕阳拉长了身影,却不带走容颜,
请你勇敢跟爱见一面。

还有几滴雨水就淹没尘埃,
还要几根琴弦就拨动天籁,
还剩几段春秋可与你同在,
还在几片绿叶中等花盛开……

什么都可以搁浅,
只请你勇敢跟爱见一面。

"我愿意……"
"我愿意……"
就相守到永远……

乐 天
——记古天乐《乐天》

幽静的庭院，微风摆动竹椅，
月光中斑驳的树影下，
静静开放的花，
弥散的芬芳，是否能够吸引你回家，
长夜路漫，你，到哪了……

门前的灯亮着，飞蛾是唯一的旅客，
月光还不足以温暖空的房，
红酒半杯后，又半杯，
歌曲一遍后，再重放……

等待能否等到半滴爱，
就算只是一杯水的关怀，
还可以用来润湿眼眸，
模糊慰问后的离开。

缘分能否分给我半滴爱，

哪怕预知的结局只有伤害，
我可以自己释怀，
用再见证明我也曾真实地存在。

始终还愿守候这半滴爱，
到晨雾淡去星光，朝露蚕食了烛台，
不过是夜夜如此，
早已，
习惯了乐天对待……

我在等你中，存在，
若深夜，
你回来，
门会自动为你打开……

夜　路
——记曾轶可《夜车》

"夜深了，看得见路吗？"
"看得见，你睡吧！"

凌晨几点了，
没有尽头的路，
只有车轮，
在转着，
你必须清醒着，
因为我已经
疲倦地睡了。

夜色沉了，
灯火醒了，
月孤傲了，
风动听了，
百虫鸣了，
悄然的，暗涌的，
都已被这黑暗包容了，

视线模糊了。
你，
还看得见前方的路吗？

我们，
浸泡在夜里，
看不清了，
飘零的落叶，
脚下的石子，
鱼水的涟漪，
便仿佛，
更多了些勇气前行……

什么季节了，
夜只是微凉的，
走过了春夏秋，
冬天不远了，
手还抱紧着，
身体也前倾了，
发丝在风中舞蹈，
星星在看着，
方向在你手中，
幸福在你身后，
你还清醒着，
所以我睡了……

车开到哪里了，

还是那个小镇吗？
风在额头掠过，
你冷吗；
我安稳地睡着，
梦到了你说故事，
还在被流传着，
我睁开双眼了，
天还没亮吗？

"还没到吗？"
"睡吧，没有终点！"

这样的夜路，
没什么好景色，
我知道你会负责，
所以我睡了……

这样的小镇，
也不会再经过，
上演的那些传说，
已被夜淹没……

这样的起落，
抱紧就不坎坷，
路灯都休息了，
走吧，天会亮的……

花落庭外
——记刘力扬《一句一伤》

冷秋，花也醉，
花开一次，
是供享用，也供错过，
花落一次，
过眼烟云，再无繁枝，
累了，
落下这片方入睡，
花伤最美。

翻阅回忆，一年一转，
以为轮回，花开已非旧时模样，
以为美丽，不过花落庭外，一地哀伤，
故事逐渐地老去，
在流传中渐渐地被人遗忘……

那一段一段熟悉的岁月，
在光阴中变成了无法书写的语言，

有些记忆模糊了,
有些思绪,
就像傍晚夕阳下的影子,
越来越长……

一缕烟,一檀香,
一瞬间的恍惚,
一刹那的投入,
通读,
浏览天地间一切繁华落寞。

岁月浸泡后,
我放开的,
是我自己的手。

因为我，不再爱你
——记《聊斋志异·粉蝶》

秋天，已过了绵绵雨季，
枫红漫山，
就似这天地间的火把，
燃烧在山水间，
泥湿的脚印，是过往的随笔，
缘何苦苦蹒跚，
无从熄灭火焰，
因为我，已不再爱你。

无声的音符，
却加上了延长线，响彻重山，
你若还有模糊的梦呓，
听取我转身前的留恋，
别在泪水中目送我的背影，
因为我，已不再爱你。

舞蝶，飞在空中的花朵，

一双玉手做绿叶，
放飞在蓝天下绽放，
向路过的风，向路过的云，
诉说着许诺的情缘，
一份含苞待放的美艳，只愿独舞，
因为我，已不再爱你。

用我已失去的过往，
换回你的记忆，
也许这就是我，
出现在你生命中的意义，
爱若是两个人的幸福，
加上无数人的痛苦，
只能面对所谓善良的付出，
因为我，已不再爱你。

几许光阴落庭外，
雨滴拨琴弦，
携手能摆几番渡，
风浪戏布帆，
天涯怎能若比邻，
千里难婵娟，
因为我，已不再爱你。

仿佛人生一场戏，
缘定了角色，分使得结局，

只为美梦一场，
歇斯底里，
人仙两界，何去何从，
因为我，已不再爱你。

"山无棱，江水为竭，
冬雷震震，夏雨雪，
天地合……"

因为我，已不再爱你……

月下荷塘
——记凤凰传奇《荷塘月色》

心晾在月光下的池塘，
与荷花比谁的倒影更孤伤，
夜风在涟漪中披了梦的衣裳，
载不动太多心愿，
载着荷叶随波荡漾。

飘来的琴音落在荷叶上，
弹着花瓣轻轻绽放，
谁想把思念传递到远方，
就跟着旋律轻声哼唱，
梦中岸的另一侧，
你也在仰望。

荷塘的月色，淋漓地流淌，
月下的荷塘，暖暖的一段时光，
你若是月光，我愿是月下的池塘，
永远被你映照着，也永远放你在心上，

你若是池塘，我愿是池塘的荷叶，
永远在你怀里，也只因你的滋润生长。

谁是那片月光，
谁是这片池塘，
谁是那朵粉色的荷花，
守着池塘仰望着月亮，
等着谁来摘取这份香。

我爱的荷花，
我爱的池塘，
我爱的你，愿不愿意陪着我，
陪着皎白的月光……

鱼儿成对在荷塘水中央，鸳鸯成双游过四季的芬芳，
我把爱藏在，你的身旁……

远行的士兵
——记 Traveling soldier（远行的士兵）

绿色的军装，
在这里，是出现的第几天，
他有些失落，
是中途的停留，还是在等待远离故土，
是否，
他习惯了草棚下的浓烈咖啡，
也习惯了鸣笛远航的码头。

山涧的清泉，
女孩手磨的咖啡，
和冲泡的香，
打出的细沫中撒落下巧克力粉，
昨天是只蝴蝶，
今天是什么形状，
明天请赠送一张笑脸，
送他去远航。

夕阳下的码头
两个相依而坐的身影，
女孩和穿着军装的他，
他说，
不在乎你何日有归宿，
我只是一个人，
也会一直只是一个人，
没有人可以让我在战场上写信倾诉，
可以写封信回来给你吗？
女孩微笑，
鸣笛的码头，军绿色的背影，
地平线上的旗帆……

再没冲过香浓的咖啡，
再没紧握过其他人的手，
女孩，
等待爱归来，
默默收藏着每一封信，
心跟着变迁的地址游走，
再没来到离别的码头，
再不曾陪谁看着夕阳，
女孩，
相信爱不逝，
守着寂寞一直到他回来，
远航的士兵会回来……

从加州到越南，到一次次夕阳的来临，
远行的士兵信又出现在信箱，
他还期待着回来，
期待着等待他的美丽的爱，
他说，
不知你是否已有归宿，
战争让人恐慌，
疲惫时我经常闭上眼怀念，
我们在码头的时光，
和你送我的那个笑脸，
不用担心，
就算以后，我没有时间再写信回来。
女孩，
其实他太年轻，
战争中枪林弹雨不看年龄，
但他永远都不会忘记你的模样。

橄榄球的赛场，
绿茵的草还挂着露珠，
和平鸽在上空盘旋，
看台下乐队的短笛手吹响了圣歌，
人们在祈祷，
一个士兵的名字被念出，
没有人在意，
除了手持着一沓信的女孩……

山涧的清泉，
女孩手磨的咖啡，
和冲泡的香，
打出的细沫中撒落下巧克力粉，
昨天是份期待，
今天是什么形状，
明天是夕阳下的海港……

边走边爱
——记谢霆锋《边走边爱》

从梦呓走过千川走进晨雾,
从平静走到悸动,
从枕边走上崎岖走进丛林,
从陌生走到缠绵。

我们什么都不懂,
只记得断肠的心痛,
生命是被谁编排的,
如此短暂的一场戏弄。

看着你的背影消失无踪,
我的光荣裂开条条碎缝,
终于这空气中,
风不吹,云不动,
是把我独自遗留,
在这段路的最后……

其实我好几次都想叫住你,
可不可以别再继续走,
就停在你爱我的地方,
前路是太崎岖,
荆棘布满的沼泽,
只有蒲公英才飞得过去。

其实我好几次都想告诉你,
我已经看到了终点的岔口,
这一生,太漫长,
这风向,摇摆不定,
注定的结局,
只会让我加倍爱你,
已经很满足
重叠的这段路,
你与我缠在一起……

星星睡了

——记刘力扬《眼泪笑了》

在你怀中寻找，
拥挤的温柔，
怕转眼就成一片沙漠，
你宽厚的肩膀，
贴着她的脸庞，
又何必在乎我将停靠何方，
原来你所说的颠簸，
从来都是只属于我，
当风浪不断拍打的时刻。

看星星都睡了，
谁还在醒着，
对海浪诉说，
求风声休笑我，
也许黑夜怒了，
让月光仲裁着，
爱究竟是不是错，

或只是一种寄托，

看星星都睡了，
谁还在醒着，
见证停泊的渔人，
都已成为过客，
有什么还是我的，
除了这混浊的夜色，
等太阳出来，
泪就会蒸发了，
是的我没有遗憾，
因为我已爱过你，
深深地……

爱情任务

爱情是我的信仰,却是永远无法实现的幻觉!
——蔡依林《爱情任务三部曲》

爱　情

誓言滑过黑夜,
爱情降临,
来自于暗的盲目,
转眼,就是海边的日出,
浪花拍打着沙滩,
蠢蠢欲动,
有点冒险。

那就冒险……

我们像相恋的情人,
逛着沙滩上的贝壳饰品,

你让我挑选着,
像是圣诞夜神秘的礼物。
看过夏威夷的海滩,
我放开了你的手,
转一圈,让你看见我的微笑,
怎么舍得你离开我的视线,
也许以后,
不再有明天……

任 务

倒计时起,硝烟满目,
回头,
看衣服与夜一种颜色,
我们都没有惊讶,
笑对那曾经依靠取暖的身体,
你紧锁的眉头,透露出那份不安,
是的,我
怎么会让你逃离我的视线,
手臂举过耳朵,
手指间夹住的,
是你丢落在沙滩上的,
任务照片,
君难见,
那姹紫嫣红,

有时,只是血光的序曲,
被狰狞的目光窥视着。
谁比谁更悲哀,
谁又能欺骗了谁,
包括誓言,
相恋至永远,有永远才相恋,
我们的武器,是对方的不忍,
胜败,
就在心被揉动的那一瞬间。

日　落

看街头一队黑色雨伞蠕动,
古老的香烟,
烟灰弥漫,
烟气与水汽交融,
笼罩着
这幕死寂。

看相框前面闪着银色水滴的十字架,
浓烈的咖啡,
浇灌心底的褶皱,
苦味
进了骨髓,
像永远无法治愈的伤痛。

谁的泪，谁让天哭了，
谁的罪，谁让爱入眠……

花开得鲜艳，一瞬间，
梦筑得再美，一夜晚，
像烟火，绚丽之后的熄灭，
像流星，期待之后的滑过，
像你我，精彩之后的落幕。

也许我爱你，
如果日不落……

救 赎

金属仪器，
玻璃门窗，
和映碎了身影的镜片，
我记得这样的冷，
我知道有人在窥望，
一双双白色的手，
将我推进了宿命，
我明白，
已无法抵挡。

那白色，
代表着纯净，
也代表着空无，
像圣洁的使者，
不予瑕疵，
不予尘埃，
却是岁月的掠夺者，
将所有足迹，
蹂踏在破损的磁盘，
再无从读取。

回头看，
最后一眼，我的过去，
流下泪，
最后一滴，我的回忆。

忍要心伤，
忘要心亡！

踪　迹

台球桌，乒乓球案，冰淇淋店，
路过的一瞬间，
看得见透明的悲伤，
一滴眼泪，

在微笑中溢出，
装不进往事的眼眶。

是玫瑰花香，
是雨清洗了叶片的味道，
回眸中仿佛有人，
传递给我透明的回忆，
路边被擦过的野草，
在鞋尖留下了露水的记号，
是太熟悉的空气，
才让我确定，
确定你带着我来过这里……

清晨的雾散了，
被笼罩的神秘变得清晰，
而哪里，
是曾经属于我的美好……

我们曾爱过吗……
用指尖轻轻摊开案面上的台球，
看它缓缓地滚动，
慢慢地离开我，
就像所有的一切……

我经过这里，住过这里，
看到破碎的指甲片留在空地，

无残留的记录,留空白的情节,
这痕迹,或许是我真的,
曾经爱过你。

流泪要戴面具,
悲情不被容许,
往事不可提及。

申报爱情被扣留,
灵魂被放走。

假如爱有天意
——记李健《假如爱有天意》

当第一片雪,落在指尖,
你可知,我又开始对你想念,
有多少真情,还在等待上演,
像雪融化后的,春天……

当又一次,走到这段河岸,
我知道,忘不了那张容颜,
有多少,眷恋,注定无法在身边,
像月光,洒向湖面……

终于不能,停在最美的画卷,
感受最初,你给的温暖,
以为爱,可以,纯真而永远,
可惜一转身,又不见。

还是踏上了,起航的船,
破了冰,总有一天到对岸,

可能花瓣已凋零,却繁星点点,
像岁月,匆匆而心安。

友情卡片

——记徐怀钰《友情卡片》

时间总在不知不觉中，
慢慢蒸发了往事，
忙忙碌碌中停下脚步，
却发现已走了很远。

我怀念那春天，
在紫荆山上你说北方的春天好短暂，
踏着青草，
幸福是站在你身边。

我怀念那夏天，
在海边你笑我只敢躺在沙滩，
挖着石卵，
幸福是看着你走上岸。

我怀念那秋天，
在乡下的夜晚你陪着我无眠，

看着星光点点，
幸福是和你面对面。

我怀念那冬天，
在马路边你搂着我的双肩，
冻红的脸，
幸福是你转身前留下的温暖。

原来已事过境迁，
不知不觉中我已走了这么远，
远得无法再相见，
时空中的改变，
要怎样，都无法回到从前，
友情卡片，
寄给你我对往事的怀念，
希望你会想起，
离别时我含泪的笑脸。

龙章凤姿,
俊逸无涛

初 见

那年，银杏叶落，满地金黄，
折射着秋日的阳光，
风，柔和而微凉，
怕是深秋，最温暖的样子了。

你站在这温暖的画卷中，
俊逸无涛，雅人深致，
展颜微笑，面如冠玉，
怕是我此生见过的，最美好的样子了。

从此人生，再无初见！

你在哪里

夜深人静,静,听到谁呼吸的声音,
像梦里有美丽风景……

想你的心,情,在万籁沉寂的夜空,
像闪烁的点点繁星……

可你在哪里,在谁的眼里,在谁的心里……
可午夜梦碎,月斑驳树影,星灿烂苍穹……
如梦,已醒……

喜欢的后面

摊开了思念这件事，
不过是心不受控制，
所以脑海都是，
青青子衿样子，
原谅我放弃了矜持，
在喜欢后面写上你的名字，
原来从一开始，
你就在，
我心所属的位置……

思 念

思念就像是……

思念就像是画在纸上的一团火,
看得见,却暖不了人间冷漠;

思念就像是与清风满怀的拥抱,
抚慰着,想要靠近的执着;

思念就像是刻在笔墨中的因果,
书尽了,这世间的山长水阔;

思念就像是倒影在杯中的双眸,
品尝着,年华如酒,岁月如歌。

七 夕

一年七夕，一场雨，乌云送晚，夏风悠然，
一杯新酒，一杯缘，落日归雁，推盏悲欢。

大概只是因为，旷日思念，所以天海同宽，
大概只是看见，蝶舞长裙，所以皆是笑脸。

突然的清风逛过酒馆，因你，品着江南……

童　话

也是花一瓣，也是云一片，
也是开了卷你读过的诗篇。

可能花过芬芳，可能云来缱绻，
可能是欲诉而又无言。

放下的画卷，放下的执念，
放下风雨过后该有的晴天。

书中写了好多美丽的故事，
只是没告诉我，童话从不会实现……

苦 咖 啡

苦咖啡，喝的是物是人非，
还会忍不住将往事回味。

苦咖啡，喝的是百转千回，
还要跪求经筒来世再会。

苦咖啡，喝的是离别滋味，
还在把故事编织到无悔。

苦咖啡，喝的是笑中的泪，
化蝶的空念，和无芳华的醉。

总是最清醒的人，最容易伤悲……
总是最苦情的戏，最让人觉得美……

落 空

我想你像树梢的柳絮随风而去，
还是会柔软地回到大地。

我想你像天空的言语汇聚成云，
还是会滴落到人间的书信。

我想你像炙热的夏季烘烤水域，
还是会等到静水深流的秋季。

我想你像对所有欢愉张开手臂，
还是会落空地拥抱，只剩泪滴……

你的声音,我的名字

听,你的声音,我的名字,
像静默的黑白钢琴键,
碰到温柔的指尖。

看,你的目光,我的心,
像风无意吹过的落花,
在水面浮潜。

被月光轻轻掠过的温暖,
被黑夜暗暗包容的泪眼,
被树影淡淡斑驳的心弦……

所以,你记得了我的名字,
我爱上你的故事,
在那年夏天,
在那个夜晚……

这 晚

看星河消沉,看落落苍生,
看杯酒倒影的泪痕,
读你的无声,读万籁寂静,
读一本笑泪纠缠的人生,
听喧嚣霓虹,听海浪翻涌,
听来去匆匆的故事,都已随风……

志 微
—— 《异物志》

你是开心的受害者,
或是疯魔的恋爱者,
不论什么对的,错的,
只要不是你的。

时空有错,谁又做错,
人间的游戏,短就短吧,
要值得。

冷眼旁观者,
或是玩世不恭的参与者,
不错过,不悔过,
每一个步伐都精彩着。

这个世界你来过,
放肆过,疯癫过,
最后看过,那个人,你爱过,

就走了……

原来你说的，都是真的……

从此以后我们告别了"志微"的传说……
天堂多了一个插着天使翅膀的，
恶魔……

月夜一梦

月色斑驳了树影，
夜风轻抚了心情，
一个人享受了岁月中的安静，
梦境安慰了天明……

爱是风华正茂的勇气，
爱是刻骨铭心的刺青，
爱是放手以后才懂的流水无情，
爱是眼泪过后的云淡风轻……

大　概

看着你的照片，我在想，我到底喜欢你什么呢？
我大概喜欢你，英朗俊逸，又玉树临风前，
我大概喜欢你，心怀幽趣，又经心皆识见，
我大概喜欢你，专精职操，又志明恭谦礼，
我大概喜欢你，闻艺业勤，又温暖如故人。

或许此生不得见，但愿灵魂有相交，
愿你永远龙章凤姿，俊逸无涛。

雪　山

孤身不沐落花浴，
孑然不拾风土情，
千山万雪俊逸在，
溪水潺流静我心……

错　过

我将玫瑰藏于身后，
不让你看见芬芳，和被刺伤的手，
而时间不会为错过转头，
从此清风明月晨曦雨露，愿伴你左右，
倒一杯有故事的酒，
敬明月下或许也在仰望的你，
我们也算见过，
只是我不曾到来，而你不曾停留……

爱 你

爱你……
是一张有去无回的机票
是一杯醉了自己的毒药
是一场没有结果的出逃
是山崖边又迈出的另一只脚,
是把自己炼成了水,却,在燃烧

夏日江南

今晚的月光很温暖,
放不下的人又梦见,
星空下安静的港湾,
怀抱着返航的渔船。

我看见夏日的风,吹过浪花和沙滩,
也看见细雨绵绵,落在有你的江南。

这世界日升月落,有潮汐就有思念,
所以有落花含情,只是你不在身边。

郝小强
——《猎狐》

你在我的身后，目光躲闪，
我偷偷将一个故事，
放在你的心田，从此
剧本中的我，不再孤单……

你坐在我的面前，言语呢喃，
念着一个美好的未来，却心不在焉，
玩笑之间，我们，默认了遗憾，
我努力走在了，落泪之前……

你在我的身边，并肩作战，
这场战争叫作，法律边缘，
而信仰，化成一种伟大的执念，
让人甘愿，用生命去冒险……

你在我的房间，把酒樽前，
是我最不愿看到的，那一双泪眼，

落幕的硝烟，临近的审判，
愿重逢在流年，平淡而心安……

风起西州

夜阑突然风骤,风吹过来的消息是,你已经远走……
未央已经雨稠,雨滴下来的言辞是,故事已深秋……

琴弦拨不动灯下,未满的一壶酒,
歌声里轻许不了,谁陪你人间白头。

欲言又止的梦,撒碎一夜星河,陪衬月如钩,
为你饮马长江,独享半杯红愁,染醉清风舞衣袖。

可是天涯人已过,空了明月高楼,
可是梨花满庭园,别了天地悠悠,
可是天光终究至,驱散杯盏温柔,
可是铁骑踏破处,又将风起西州……

最遥远的距离

冷,也不会忘了自己曾经哭暖了整个星空,
那在最遥远的距离里闪闪发亮的微光,
那在海与天一色的空间里拥抱的晚风。

沙沙作响的树影,斑驳了谁的心痛,
一字一句的清歌,动听了哪一方苍穹。

原来,这不知所起的情,
会随着这一夜的冷,也不知所终,
原来,这望穿秋水的等,
会随着这一波波涟漪,也消失无踪……

"谁在爱你,你在爱着谁?"
在最遥远的距离……逐梦。

城市的边缘

情,并不多见,感觉命运在手边,
覆盖上,另一张脸,是否老天就能成全。

我凝望在,城市的边缘,
可能点一支烟,就能让梦重现,
他们寻找的是,尸骨已寒,
而我守护的是,唯一的温暖。

双目垂河边,看一张我看你的脸,
有沧桑,有痴狂,有乞求,有危险,
故事在连环发生,为谁作案,
玫瑰与面包,哪一个更让人贪婪。

此情,可能并不多见,
却欺骗了天下有情人,
在城市的边缘,能永远,到永远……

不 见

池沼，午夜风雨中凋落的海棠，
不见，
心碎如花瓣一片，
一片……

燕飞成双，
翅膀拂过了炉火水烟，
不见，
一缕缕化入，
相似传……

秋庭院，
月光与微凉后的折扇，
一样悠闲，
不见，阵阵晚风，
入眠……

执笔填词，

静如浓墨，
不见，
柔音绕梁，
一场粉妆空盼……

此生总是近在咫尺的，
那么远，
而不见，
唏嘘了垂杨折柳，
人凭栏……

此生终是一帘风月梦，
相思无边，
而不见，
剩却花不靠岸，
人空谈……

繁　花

蓝月明光，独撑海上，
醉是一场有你的梦，
醒是一场繁花落幕，独奏哀殇。

曾为你孤傲成苍穹皓月，
也为你卑微到泥水荷塘，
提笔灯下诗万首，
青云在水酒千尝。

终倦了霞思云想，
也罢了秀骨龙章。
一曲圆舞供欣赏，
然后……

万籁停奏，月渡银墙，
"是狼，就跟狼群在一起，
是英雄，永远在路上……"